El Camino de Amelia

Por Linda Jacobs Altman
Ilustrado por Enrique O. Sánchez

Traducido por Daniel Santacruz

Lee & Low Books Inc. • New York

Printed in Hong Kong by South China Printing Co. (1988) Ltd.

Book Design by Tania Garcia
Book Production by Our House

The text is set in 14 point Meridien
The illustrations are rendered in acrylic on canvas
10 9 8 7 6 5

Library of Congress Cataloging-in-Publication Data
Altman, Linda Jacobs,
[Amelia's road. Spanish]
El camino de Amelia / por Linda Jacobs Altman; ilustrado por Enrique O. Sanchez;
traducción de Daniel Santacruz. —1. ed.
p. cm.
ISBN 1-880000-10-5
[1. Migrant labor—Fiction. 2. Hispanic Americans—Fiction. 3. Spanish language materials.]
I. Sanchez, Enrique O., ill. II. Title.
PZ73.A4935 1993   93-38627
CIP AC

Para mi esposo Richard Altman,
por los caminos venideros —L.J.A.

Para Kim —E.O.S.

Amelia Luisa Martínez detestaba los caminos: los rectos, los curvos, los atajos, los pavimentados, los que llevaban a sitios extraños y los que no conducían a ninguna parte. Amelia aborrecía tanto los caminos, que lloraba cada vez que su padre sacaba un mapa.

Los caminos que Amelia conocía llevaban a granjas donde los trabajadores laboraban en campos azotados por el sol y vivían en cabañas sombrías y grises. Los caminos eran largos y tristes. Nunca iban a donde uno quisiera que fueran.

Amelia quería ir donde la gente no tuviera que trabajar tan duro, mudarse tan a menudo o vivir en campos de trabajo.

Su casa sería blanca y primorosa, con persianas azules en las
ventanas y un árbol hermoso, viejo y sombreado en el patio. Ella
viviría allí siempre y nunca más se preocuparía por los caminos.

Era casi de noche cuando el carro oxidado y viejo de la familia se detuvo frente a la cabaña número doce de la granja.

—¿Es ésta la misma cabaña donde vivimos el año pasado? —preguntó Amelia, pero nadie se acordaba. A su familia parecía no importarle.

A Amelia sí le importaba. De un año a otro no quedaba indicio alguno de que ella hubiese vivido en ese lugar, hubiese asistido a la escuela del pueblo y hubiese trabajado en esas tierras. Amelia quería asentarse en un sitio permanente, quería echar raíces.

—Tal vez algún día —dijo su madre, pero ese maravilloso día nunca parecía llegar.

—Mamá, ¿dónde nací yo? —preguntó Amelia.

La señora Martínez pensó por un momento y sonrió.

—¿Dónde? Déjame ver. Debe haber sido en Yuba City porque recuerdo que estábamos recogiendo melocotones.

—Tienes razón, eran melocotones —dijo el señor Martínez—, lo que significa que naciste en junio.

Amelia suspiró. Otros padres recordaban días y fechas. Los suyos recordaban las cosechas. El señor Martínez tenía presente los acontecimientos importantes de la vida de acuerdo al ciclo interminable de las cosechas.

Al día siguiente, todos se levantaron al amanecer. Amelia y su familia recogieron manzanas desde las cinco hasta casi las ocho de la mañana. Aunque todavía tenía sueño, Amelia tenía que ser muy cuidadosa para no estropear la fruta.

Cuando terminó el trabajo de la mañana, a Amelia le punzaban las manos y le dolían los hombros. Tomó una manzana y salió corriendo hacia la escuela.

Amelia había asistido durante seis semanas a la escuela primaria Fillmore el año pasado y la maestra ni siquiera se había preocupado por aprender su nombre.

Este año era diferente. La maestra les dio la bienvenida a los estudiantes nuevos y les entregó rótulos para que escribieran sus nombres. La maestra llevaba un rótulo que decía SEÑORITA RAMOS.

Después, la señorita Ramos les pidió a los estudiantes que dibujaran lo que más desearan.

—Pinten algo que tenga un significado muy especial para ustedes.

Amelia sabía exactamente lo que haría. Dibujó una hermosa casa blanca con un árbol en el patio. Apenas terminó, la señorita Ramos mostró el dibujo a la clase y luego pegó una estrella roja reluciente en la parte de arriba del papel.

Al final del día, todos los estudiantes de la clase sabían el nombre de Amelia. Por fin ella había encontrado un lugar donde quería quedarse.

Amelia no veía el momento de contarle a su mamá acerca de este maravilloso día. Se sentía tan radiante como el cielo y decidió buscar un sendero más corto hasta la casa.

Fue entonces cuando encontró *el camino accidental.*

Amelia lo llamó el camino accidental porque era estrecho y pedregoso, y semejaba más un sendero nacido por casualidad que un camino construido por alguien.

Siguió el camino por un campo cubierto de hierba, a través de unos arbustos y descendió por una pequeña colina. Al final había un árbol majestuoso. Era más viejo de lo que uno pudiera pensar y la cosa más firme y permanente que Amelia hubiera visto jamás. Cuando cerró los ojos, se lo podía imaginar frente a su casa blanca y primorosa.

Amelia bailó de alegría, y su pelo negro revoloteaba mientras daba vueltas y vueltas por el prado silencioso.

Casi todos los días, una vez finalizados el trabajo y la escuela,
Amelia se sentaba bajo el árbol y se imaginaba que había llegado a
su casa.

Lo que más deseaba era sentirse parte de este lugar, más que de ningún otro en el mundo, y saber que le pertenecía.

Pero la cosecha estaba a punto de terminar y Amelia no sabía lo que haría cuando llegara el momento de partir.

Le pidió consejo a todos: a su hermana Rosa, a sus padres,

a su hermano Héctor, a sus vecinos, a la señorita Ramos, pero nadie le podía decir lo que debía hacer. Encontró la respuesta casi tan accidentalmente como el camino.

Amelia encontró una caja de metal vieja que alguien había tirado a la basura. Estaba abollada y oxidada, pero no le importó. La caja era la respuesta que buscaba.

Se puso a trabajar enseguida, llenándola con cosas suyas. Primero, colocó la cinta para el pelo que su mamá le había hecho una Navidad; a continuación, el rótulo que la señorita Ramos le había dado; luego, una fotografía de toda su familia que había sido tomada el día de su cumpleaños; y finalmente, el dibujo que había hecho en la clase.

Por último, tomó una hoja de papel y dibujó un mapa del camino accidental, que se extendía desde la carretera hasta el mismo árbol viejo. Con muy buena letra, escribió *El camino de Amelia* en el mapa. Lo dobló y lo guardó en la caja.

Una vez finalizada la recogida de las manzanas, la familia de Amelia y los otros trabajadores tuvieron que prepararse para partir de nuevo. Amelia volvió a recorrer el camino accidental, pero esta vez con su preciosa caja.

Abrió un hueco junto al árbol viejo, depositó la caja con mucho cuidado y la cubrió con tierra. Luego puso una piedra encima para que nadie se diera cuenta de que la tierra había sido removida.

Apenas terminó, dio un paso atrás y miró el árbol. Éste era, por fin, el lugar donde ella pertenecía, el lugar al cual podría regresar.

—Volveré —murmuró, y luego partió.

Amelia corría dando saltos por el prado, sonreía mirando al cielo e incluso daba volteretas por el camino accidental.

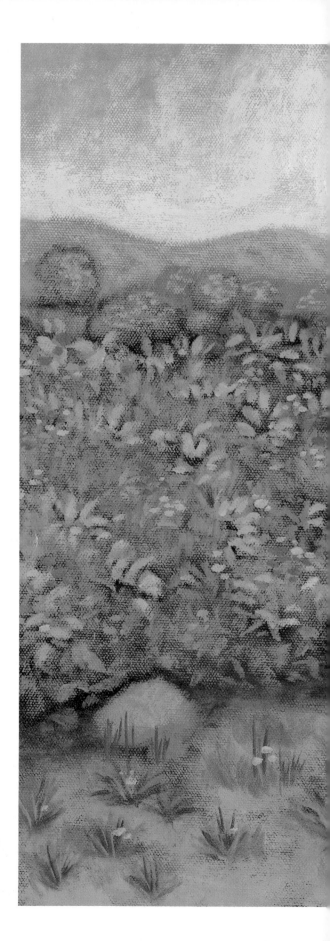

Cuando regresó al campo de trabajo, su familia ya había comenzado a colocar las cosas en el carro. Amelia los observó por un momento, suspiró profundamente y se puso a ayudarles.